Gregor Schürer

Max Mümmel

Geschichten für die Osterzeit

Wie immer geht mein Dank an die drei wunderbaren weiblichen Wesen, die mein Leben begleiten, bereichern und verschönern: Regina, Selina und Marisa.

Impressum

© 2016 Gregor Schürer

Lektorat: Jan Achtmann, J8m.de

Titelfoto: Achim Bader
Autorenfoto: Dietmar Simsheuser

Herstellung und Verlag: BoD – Books on Demand, Norderstedt

ISBN 978-3-7392-3941-5

Vorwort

Unsere erste Tochter wurde 1996 geboren. Als ich mit ihr zum ersten Mal an Ostern Eier suchen ging, kam mir der Gedanke, darüber etwas zu schreiben.

Ein paar Jahre sind dann noch vergangen, bis ich meine erste Ostergeschichte verfasste – sie steht auch am Anfang dieses Buches. Damals suchte ich nach einem Namen für „meinen" Osterhasen. Alle Recherchen ergaben, dass es einen Max Mümmel bisher nicht gab. Also war ein Titelheld geboren, der seitdem jedes Jahr pünktlich zur Osterzeit über meine Tastatur hoppelt – und hoffentlich in das Herz meiner Leserinnen und Leser. Nur einmal, das war 2014, habe ich ihn schlichtweg vergessen. Als mir das, Wochen später, siedend heiß einfiel, war es zu spät. Da habe ich kurzerhand eine Pfingstgeschichte zu Papier gebracht, Sie finden sie als kleine „Zugabe" am Ende. Ich wünsche Ihnen viel Vergnügen beim Lesen.

Inhaltsverzeichnis

Max Mümmel im Spaghettitopf 7

Max Mümmel und die weiße Olga 12

Max Mümmel und der Hühnerstreik 15

Max Mümmel
und das bescheidene Blümchen 19

Max Mümmel und der Eierbruch 23

Max Mümmel und die Löffel 28

Max Mümmel und der Streckenrekord .. 32

Max Mümmel
und die Gutenachtgeschichten 37

Max Mümmel
und die merkwürdigen Eier 41

Max Mümmel und die Weinberge 46

Max Mümmel und das Osterfeuer 51

Max Mümmel, der Hasenfuß
und die schwarze Katze 55

Max Mümmel und die traurige Post 60

Max Mümmel und das Osterwasser 66

Der kluge Pfingstochse
und das schwarze Schaf 72

Max Mümmel im Spaghettitopf

Warum man die Ohren des Hasen Löffel nennt

Es war ja nun wirklich wieder eine Menge Arbeit gewesen für die Mümmels. Erst mussten die ganzen Eier eingesammelt werden. Und manchmal wollten die Hennen, die sich in dieser Zeit besonders wichtig vorkamen, sie nicht so ganz freiwillig hergeben. Da bedurfte es schon einiger Überredungskünste, denn wie sollten die Kinder Ostern ohne Eier feiern? Doch wenn man dem gackernden Federvieh versprach, es den Rest des Jahres ungestört zu lassen, sodass auch mal ein paar Eier ausgebrütet werden konnten, stimmten die Hühner schließlich doch zu und gaben bereitwillig die oft noch warmen weißen und braunen Kostbarkeiten her. Dann mussten die Eier gekocht werden. Da dampfte es in der Küche der Mümmels, wenn die vielen Eier im heißen Wasser sprudelten. Die meiste Arbeit war das Färben und Bemalen. Hier war die ganze Familie eingeteilt. Mama Mümmel rührte in Eimern die Farbe an, die dann auf leere Konservendosen und Gläser verteilt wurde. Moritz, der älteste Hasensohn, durfte die Eier vorsichtig hineinlegen. Melanie, die Hasentochter, schaute auf die Uhr und sagte ihrem großen Bruder Bescheid, wenn es Zeit war, die nun bunten Eier wieder herauszuholen. Der kleine Max aber durfte sie trockentupfen und anschließend mit einer Speckschwarte abreiben, bis sie richtig glänzten. Vater Mümmel hingegen hatte einen Schraubstock, in dem er einige weiße Eier einspannte, die zwar gekocht waren, aber ungefärbt blieben, um sie persönlich mit dem Pinsel zu bemalen. Von diesen besonderen Eiern kam nachher nur eines in jedes Nest.

Nachdem das alles erledigt war, wurden die Eier in Tragekörbe gepackt, die aussahen wie Rucksäcke und die man sich auch so umschnallte. Dann marschierten die Mümmels los. Jede Wiese in der Umgebung musste abgesucht werden: Hatte ein Kind ein Nestchen gemacht, legten die Hasen drei oder vier Eier hinein, danach ging es weiter. Wenn Papa, Mama, Moritz, Melanie und Max zu fünft durch die Felder hoppelten, war das Gras manchmal schon ganz schön hoch. Wie praktisch, dass Hasen so lange Ohren haben (warum das so ist, erfahrt ihr übrigens in einer anderen Geschichte), da konnte man immer ganz genau sehen, wo die anderen waren, und keiner ging verloren.

Es war schon fast dunkel und Max hatte nur noch wenige Eier im Körbchen, als er beim Sprung über einen Erdhügel stolperte und der Länge nach hinfiel. Glücklicherweise hatte er sich nicht wehgetan, aber bis auf zwei waren alle Eier kaputt gegangen. Er sammelte die beiden heil gebliebenen Eier ein und hoppelte traurig weiter. Als er an den Rand der Wiese kam, sah er das letzte Nestchen. Nun hatten ihm Mutter und Vater eingeschärft, dass immer mindestens drei Eier in ein Nest gehörten, er hatte aber nur noch zwei. Was tun? Max überlegte.

Da sah er gar nicht weit entfernt ein Haus. Vielleicht hatten die Leute, die da wohnten, auch Hühner. Er würde rasch hinüberlaufen, ein Ei aus dem Stall holen und es eben ungekocht und ungefärbt in das Nest legen. Gesagt, getan. Doch als er näher kam, bemerkte er, dass es dort wohl keine Tiere gab. Erst wollte er schnell zurückhoppeln, aber dann war die Neugier doch zu groß. So dicht war er noch nie an einem Menschenhaus gewesen. Er schlich durch den Vorgarten und kletterte auf den Sims eines offenstehenden Fensters. Das musste eine Küche sein! Die sah so ähnlich aus wie bei Mümmels zu Hause. Nur alles viel größer. Von nebenan hörte er Stimmen, da unterhielten sich eine Frau und ein Mädchen. Mit klopfendem Herzen hüpfte Max auf die Arbeitsplatte, um sich noch etwas näher umzusehen. Als er bemerkte, dass sich Schritte näherten, sprang er voller Angst in das nächstgelegene Versteck – einen Spaghettitopf. Er verhielt sich mucksmäuschenstill. Die achtjährige Sophie betrat die Küche. „Mama, was nehmen wir denn, um die Farbe für die Eier in der Schüssel zu verrühren?" – „Bring doch den großen Löffel mit." – „Wo ist der denn, in der Schublade kann ich ihn nicht finden!" – „Schau doch mal im Spaghettitopf nach, vielleicht habe ich ihn darin stehenlassen." Sophie näherte sich dem Topf und griff zielsicher nach dem braunen Löffel, der oben herauslugte. Er fühlte sich seltsam warm und weich an, aber sie dachte sich nichts dabei und zog ihn mit Schwung heraus.

Da stand sie nun, mitten in der Küche, und starrte mit großen Augen den kleinen Hasen an, der an ihrer Hand baumelte.

Und Max Mümmel starrte mit ebenso großen Augen zurück. Vorsichtig setzte sie Max auf die Arbeitsplatte. „Ich, ich wollte bloß den Löffel ...", stammelte sie. „Bist du der Osterhase?", fragte sie. Max nickte. „Alles in Ordnung?", rief die Mutter aus dem angrenzenden Zimmer. „Ja, ja", antwortete Sophie. „Jetzt schnell weg, bevor die Erwachsenen was merken!", ermunterte die Zweitklässlerin, die eigentlich nicht mehr daran geglaubt hatte, dass es Osterhasen oder Weihnachtsmann wirklich gibt, den kleinen Hasen. Max lächelte ihr zu, machte auf dem Stummelschwänzchen kehrt und lief, so schnell ihn seine Läufe trugen, davon. Am Wiesenrand warteten schon ungeduldig die anderen Mümmels, denen er erzählte, er hätte sich verlaufen.

Nun wisst ihr, liebe Kinder, warum manchmal nur zwei Eier im Nest liegen. Und warum man die Ohren der Hasen auch „Löffel" nennt.

© Gregor Schürer 2001

Max Mümmel und die weiße Olga

Warum man die Ostereier bunt färbt

Jedes Jahr hatte Max Mümmel dieses Theater mit der Oberhenne Elfriede. Elfriede – was war das überhaupt für ein Name für ein Huhn – gackerte aufgeregt herum, dass sie nicht so viele Eier entbehren könne. Und wenn überhaupt, kämen nur die weißen Eier in Frage, weil die Menschenkinder zum Frühstück lieber die braunen essen. Die glauben, die schmecken besser. Das stimmt aber nicht, haben mir jedenfalls übereinstimmend alle Hühner versichert.

Nach langem Hin und Her hatte Max nun also alle seine Ostereier zusammen, alle in Weiß. Zwei Tage lang dampften die Töpfe in der Hasenküche, dann waren alle hartgekocht. Mühevoll versteckte Max seine weißen Schätze im grünen Gras.

Uff, das war anstrengend gewesen. Müde streckte Max sich auf seinem kuscheligen Lager aus, schloss die Augen und schlief sofort ein. Sah und hörte nichts mehr. Träumte nur von glücklichen Kindern, die mit ihren Körbchen lachend über die Wiese liefen und Eier suchten, seine Eier.

Da kam Olga. Olga war ein Tiefdruckgebiet. Was das ist, sollen euch eure Eltern erklären. Es hat jedenfalls mit schlechtem Wetter zu tun und kommt meistens von Osten. Jedenfalls war über Nacht Schnee gefallen und zwar ordentlich. Alle Häuser, Straßen und Felder waren mit einer weißen Schicht überzogen. Auch auf unserer Osterwiese lag Schnee.

Als Max morgens aufwachte, fröstelte er. Kalt war es geworden, das hatte er schon im Schlaf gespürt und sich noch tiefer in seine Mulde vergraben. Als er ins Freie kam, traute er seinen Augen nicht: Alles eine weiße Fläche draußen. Aber wo war das Problem? Hatten die Eier Schnupfen bekommen? Nein, natürlich nicht. Aber habt ihr schon einmal weiße Eier im Schnee gesucht? Nichts zu machen. Max überlegte. Man könnte natürlich auf Tauwetter hoffen. Vielleicht kamen ja ein paar Sonnenstrahlen und brachten die weiße Pracht zum Schmelzen und, siehe da, alle Eier würden wieder sichtbar. Aber wenn nicht? Max beschloss, dass das zu riskant sei. Er hatte eine Idee: Schnell holte er den großen Korb und sammelte alle Eier wieder ein. Für ihn kein Problem, denn er hatte sie ja schließlich auch versteckt und wusste, wo ein jedes lag. Dann brachte er sie nach Hause. Anschließend besuchte er die Frühlingsblumen, die alle schon blühten und ihre Köpfe aus dem Schnee streckten. Zuerst die gelben Narzissen, dann die roten und die violetten Tulpen, danach noch die blauen Krokusse. Alle gaben gerne ein wenig von ihrer prächtigen Farbe ab. Und damit färbte er die weißen Eier bunt, die ganze Nacht war er damit beschäftigt. Morgens in aller Frühe versteckte er sie wieder auf der Wiese, wo immer noch Schnee lag. Und als die Kinder später das Feld absuchten, hatten sie keine Mühe, die Eier, die wie Farbtupfen auf einem weißen Blatt Papier aussahen, zu finden.

Und seitdem werden an Ostern die Eier gefärbt. Schuld daran ist Olga, die weiße Olga aus dem Osten.

© Gregor Schürer 2002

Max Mümmel und der Hühnerstreik

Warum die Eier an Ostern in ein Nest gelegt werden

Es waren nur noch wenige Wochen bis zum Osterfest, höchste Zeit also, mit den Vorbereitungen zu beginnen. Max machte sich auf den Weg zu Elfriede. Der Oberhenne oblag die Aufsicht über den Hühnerstall. Eigentlich wäre das ja Eginhards Aufgabe gewesen, er war schließlich der Hahn. Aber Eginhard stolzierte lieber mit hoch aufgerecktem Kopf über die Wiese, um sich von seinem Harem bewundern zu lassen. Harem nennt man es, wenn ein Mann nicht nur eine Frau hat, so wie normalerweise bei den Menschen, sondern ganz viele. Und Eginhard war ein Hahn, der über dreißig Hennen hatte, mit denen er sozusagen verheiratet war. Wenn er nicht herumlief, saß er oben auf dem Misthaufen und machte ein Nickerchen, denn das Leben kann für einen Mann mit so vielen Frauen ganz schön anstrengend sein. Max betrat den Hühnerstall, wo es mollig warm war. Er überlegte, ob es nicht schöner wäre, hier zu wohnen als in seiner Sasse, so nennt man das Lager der Hasen. Aber von Elfriede wusste er, dass nicht alle Hühner so gemütlich wohnen. Manche werden in Käfigen gehalten, die nur so groß sind wie ein Stück Papier. „Wie im Gefängnis", hatte die Oberhenne entrüstet ausgerufen. Da war es schon besser, in seiner Sasse zu bleiben, auch wenn es dort manchmal empfindlich kühl war.

Als Elfriede ihn erblickte, sprang sie mit flatternden Flügeln von der Stange. „Da ist ja mein Mäxchen" – sie war die Einzige, die ihn so nennen durfte – „was kann ich denn für dich tun?" – „Ich komme wegen der Eier", sagte er, „wie viele können wir denn dieses Jahr für die Menschenkinder kriegen?" – „Gar keine!", antwortete sie. „Wieso das denn?", fragte Max überrascht. Daraufhin erklärte ihm Elfriede, dass die Hühner erfahren hätten, dass ihre Eier nach dem Kochen und Färben einfach so auf die Wiese gelegt würden, irgendwo im Gras versteckt. „Und das geht nicht", sagte die Henne kategorisch, „die Eier sind so etwas wie unsere Kinder, auch wenn wir sie nicht ausgebrütet haben. Die müssen ein weiches Plätzchen kriegen. Wie im Hühnerstall eben, wo es warm und heimelig ist. Sonst kriegen sie gleich Heimweh oder gar einen Schnupfen." Solange das nicht sichergestellt sei, würden die Hühner streiken und dem Osterhasen keine Eier liefern.

Da zog Max also mit hängenden Ohren von dannen. Keine Eier – kein Osterfest. Er setzte sich auf der Blumenwiese unter einen Baum und überlegte. Wie konnte man nur ein kuscheliges Plätzchen für die Eier schaffen? Als sein Blick gedankenverloren zum Himmel ging, sah er dort oben im Geäst des Baumes ein Vogelnest. Genau! Das war die Idee! Ein Nest für die Eier musste her. Aber woraus sollte er das bauen und, vor allem, wo sollte er die vielen Halme, die die Vögel mühselig Stück für Stück für so ein Nest sammelten, herkriegen? Da erinnerte er sich, dass der Bauer Grantelhuber riesige Strohballen auf dem Stoppelacker liegen hatte. Also hoppelte Max zum Acker und tatsächlich, dort lagen noch die Ballen, die in Folie verschweißt waren und wie große Würste aussahen, „Riesensalami" nannten sie die Hasen. Die Folie konnte Max' spitzen Zähnen nicht lange standhalten und, haste was, kannste was, hatte er ein schönes Häufchen zusammen. Er legte das Stroh in sein Hasenkörbchen und lief zu Elfriede. Im Hühnerstall unterbreitete er ihr seinen Vorschlag und zeigte stolz das trockene Heu. „Ich verspreche, schöne Nestchen zu bauen, in die ich dann die Eier reinlege, damit sie sich fast wie zu Hause fühlen."

Unter dieser Bedingung war die Oberhenne einverstanden. Der Hühnerstreik war beendet, Gott sei Dank. Und seitdem werden die Eier an Ostern in ein Nest gelegt.

© Gregor Schürer 2003

Max Mümmel und das bescheidene Blümchen

Wie das Schneeglöckchen zu seinem Namen kam

Max Mümmel war den ganzen Tag auf den Wiesen unterwegs gewesen, schon in eifrigen Vorbereitungen auf das bevorstehende Osterfest. Als er morgens losgehoppelt war, war es noch ganz kalt gewesen, das Gras von einer dünnen Schneeschicht überzogen. Deshalb freute er sich besonders, als am späten Nachmittag noch die Sonne herauskam. Er beschloss, auf dem Heimweg eine kleine Pause einzulegen. Am Rand des kleinen Wäldchens suchte er sich ein schönes Plätzchen, machte es sich bequem und streckte seine müden Läufe aus.

Max wusste schon, warum seine Beine Läufe hießen. Viele Stunden war er auf ihnen herumgelaufen, das spürte er jetzt. Während er so dalag, kam er ins Grübeln. Ein bisschen ungerecht war das schon. Er hatte mit dem ganzen Verteilen der Ostereier genau so viel zu tun wie zum Beispiel der Weihnachtsmann, den auch keiner sah, wenn er die Geschenke brachte. Und trotzdem machten die Menschen um den ein viel größeres Brimborium. Zugegeben, ihm sang man auch Lieder, doch Weihnachtslieder gab es viel mehr. Für ihn schmückten manche Leute auch das Haus, aber nicht so wie zum Heiligen Abend, mit Lämpchen und bunten Birnchen und allerlei Schnickschnack. Sogar die Glocken läuteten an Weihnachten. Bimm bamm, bimm bamm, dröhnte es von allen Kirchtürmen, das bekam Max selbst im Winterschlaf noch mit. Was Max nicht wusste, das war, dass die Christen natürlich auch zum Osterfest die Glocken läuteten. Denn da war er, erschöpft von der vielen Arbeit, längst eingeschlafen und schnarchte so laut vor sich hin, dass ihn alle Glocken dieser Welt nicht wecken konnten.

Jetzt aber war er hellwach und schimpfte. „Ungerecht ist das, jawohl", murmelte er vor sich hin. Da plötzlich hörte er ein Geräusch. Einen ganz feinen, hellen Ton.

Was war das? Er blickte sich um.
Nichts. Doch wieder hörte er es, ein zartes Bimmeln, ganz leise zwar, aber doch deutlich. Er stellte seine langen Löffel, ihr wisst schon, seine Ohren, auf und versuchte auszumachen, wo es herkam. Er erblickte ein kleines Blümchen, das direkt

vor ihm im Gras stand. „Bist du das?" Kaum wahrnehmbar nickte das Blümchen mit dem weißen Kopf. „Wer bist du?", fragte Max. „Ein Galanthus nivalis", antwortete die Blume.

„Ein galantes Minimales?" – „Ja, so ähnlich. Eine kleine, unscheinbare Blume eben. Ich wachse aus einer Zwiebel und gehöre zur Familie der Narzissen. Nichts Besonderes, deshalb habe ich auch keinen anderen Namen. Nur diese komische lateinische Bezeichnung." Max hörte zu und betrachtete dabei das Blümlein näher. Es hatte zwei linealförmige, fleischige Blätter. Vom Stil hing eine weiße Blüte herab, die fast wie ein Tropfen aussah. „Ich finde schon, dass du etwas Besonderes bist", entgegnete Max.

„Wieso", fragte das Blümlein, „schau dir doch mal die stolzen Rosen an, wie sie ihre bunten Knospen nach oben recken, aufrecht und stolz. Und wer sie pflücken will, wird von Dornen gestochen." – „Die Rose blüht im Sommer, wenn es warm ist. Das ist keine Kunst. Aber du hast so viel Kraft und Mut, trotz Kälte und Eis zu wachsen und sogar im Schnee zu blühen. Das soll dir erst mal jemand nachmachen!" – „Dir aber auch", entgegnete das Blümlein, „wie du es schaffst, all die Eier zu organisieren und so in die Nester zu legen, dass jedes Kind auch eines findet, das bewundere ich. Ich sehe dich doch immer über die Wiese hoppeln, von links nach rechts, von früh bis spät." Max war gerührt. Endlich bekam er die richtige Anerkennung für seine Arbeit.

Da hatte er eine Idee. „Mir ist ein prima Name für dich eingefallen. Du blühst doch im Schnee. Und wenn du dein Köpfchen schüttelst, hört sich das wie das Läuten einer winzig kleinen Glocke an. Ich werde dich Schneeglöckchen nennen."

Glücklich neigte das bescheidene Blümchen sein weißes Haupt. Seitdem heißen die Schneeglöckchen Schneeglöckchen. Wenn ihr euch zu ihnen hinunterbeugt und ganz genau hinhört, könnt ihr das leise Bimmeln vielleicht auch hören.

© Gregor Schürer 2004

Max Mümmel und der Eierbruch

Warum die Erwachsenen an Ostern einen leckeren Likör trinken

Es war einige Wochen vor Ostern. Die ganze Familie Mümmel, also Mama und Papa und die drei Hasenkinder Moritz, Melanie und Max, war in die Vorbereitungen eingespannt. Und weil so viel zu tun war, hatten die Mümmels Oma und Opa gebeten, mitzuhelfen. Die Großeltern, die eigentlich schon Hasenrentner waren, reisten extra von ihrer weiter entfernt liegenden Wiese an, um bis zum Osterfest kräftig mit anzupacken.

Opa Mümmel war nicht mehr so gut zu Fuß. Er brauchte zum Hoppeln schon einen Stock. Deshalb wurde er dafür eingeteilt, die Oberaufsicht über die gelieferten Eier zu übernehmen. Wenn die Hasen also mit den Eiern, die sie mühevoll bei der Oberhenne Elfriede eingesammelt hatten, ankamen, legte er sie vorsichtig in einen großen Weidenkorb.

Mama Mümmel war mit den drei Hasenkindern für das Abkochen und Färben der Eier zuständig. Wie ihr ja schon wisst, werden einige wenige Eier von Hand bemalt, das macht der Hasenpapa. Weil Oma Mümmel so gut Lockenwickler eindrehen konnte, hatte man ihr eine Spezialaufgabe gegeben. Während der Papa geschickt mit dem Pinsel hantierte, drehte die Oma ebenso geschickt die im Schraubstock eingespannten Eier hin und her und so entstanden die schönsten Muster, die reinsten Kunstwerke. Mit etwas Glück ergattert ihr ja so ein tolles Ei, schaut mal in eurem Osternest nach.

Nun hatte der Hasenopa eine kleine Schwäche. So wie ihr gerne Gummibärchen esst oder eure Mutter Schokolade nascht, so mochte der Opa Mümmel gerne mal ein Schnäpschen. Er hatte eine Flasche Korn in der Hosentasche und wenn die Oma gerade nicht guckte, trank er ein Schlückchen. Oder auch zwei.

An diesem Tag, an dem das Unglück passierte, von dem ich euch heute erzähle, hatte er morgens nach dem Aufstehen ein Schnäpschen getrunken, weil ihm so kalt war, vormittags noch eines aus Langeweile, weil keiner ihn besuchen kam, mittags zur Verdauung und nachmittags, weil ihm so warm war. Dann kam die nächste Eierlieferung und Elfriede ließ ausrichten, dass nun Schluss sei, weil ihre Hennen jetzt eine Legepause bräuchten. Darüber regte sich der Opa furchtbar auf, weil er alle Eier durchgezählt hatte und wusste, dass noch genau sieben Stück fehlten. Zur Beruhigung nahm er noch einen Schluck aus der Schnapspulle. Das hätte er mal besser sein gelassen. Denn als er die Eier anschließend in den Korb einsortierte, schwankte er ein bisschen, wollte sich festhalten, fiel hin und riss – na, was wohl – den Weidenkorb und alle Eier mit sich. Rumms, da lag der Opa auf dem Boden und rund um ihn herum die vielen Eier, teils zerbrochen, teils noch ganz. Schnell kam die Oma angerannt, die ahnte schon, was passiert war, als sie den Opa da liegen sah. Sie schimpfte, sagte etwas von einem „alten Esel", obwohl Opa Mümmel doch ein alter Hase ist, aber egal. Wie sie so mit erhobenem Finger dastand und zeterte, kam der Max hinzu, schlug die Hände vors Gesicht und rief: „Meine Güte, was machen wir denn jetzt ...?"

Zuerst wurde nachgesehen, ob dem Opa was passiert war. Zum Glück hatte er sich nicht verletzt, nur sein Kopf brummte. Das konnte aber auch von dem vielen Schnaps kommen. Doch was sollte man mit dem ganzen Eierbruch anfangen?

Rührei – schlug Mama Mümmel vor. Aber Oma hatte eine ganz andere Idee. „Holt aus der Küche mal eine große Schüssel, da sammeln wir all die Eier hinein, die jetzt angestoßen sind und nicht mehr gekocht werden können." Die Übrigen, die noch ganz waren, wurden wieder vorsichtig in den Korb gelegt.

Die Eier mit den Macken wurden aufgeschlagen und das Eiweiß wurde mit einem Schneebesen verrührt. Der heißt übrigens nicht so, weil man damit normalerweise den Schnee kehrt. Sondern weil das Eiweiß, wenn man es lange genug schlägt, fest wird und dann wie Schnee aussieht. Anschließend hob die Oma das Eigelb darunter, so entstand eine cremige, gelbe Masse. Dann sah die Oma den Opa mit einem strengen Blick an und sagte nur: „Die Flasche!"

Bereitwillig gab der Opa den Schnaps her. Nicht nur den aus der Hosentasche, auch die Reserveflaschen, die er noch irgendwo im Heu versteckt hatte, holte er her und schaute dabei so reumütig, dass ihm niemand mehr böse sein konnte. Schon gar nicht Oma Mümmel, die ihn ja von Herzen liebte. Den ganzen Schnaps jedenfalls kippte die Oma in die Eiercreme, dann kamen noch Zucker und einige andere Zutaten, die hier nicht verraten werden, hinzu. „Was gibt das, Oma?", fragte Max, der seine Großmutter die ganze Zeit beobachtet hatte. „Eierlikör", antwortete Oma, „nach einem uralten Rezept, das ich von meiner Oma habe, die wiederum hatte es von ihrer Großmutter und so weiter." Als alles fertig war, durfte jeder Mümmel einmal probieren, die Hasenkinder allerdings nur eine Löffelspitze, weil ja Alkohol drin war.

„Und was machen wir damit?", wollte Max wissen. „Weil wir durch den Eierbruch weniger Eier haben, bekommen die Großen statt der Eier ein Fläschchen von unserem Likör", erklärte die Oma. Gesagt, getan. Der Eierpunsch wurde in kleine Flaschen abgefüllt und diese wurden später beim Verteilen in die Nester gelegt.

Und weil sich herausstellte, dass viele lieber ein Schlückchen Punsch als hartgekochte Eier mögen, trinken die Erwachsenen seitdem an Ostern den leckeren Eierlikör. Das liegt an Opa Mümmel, seiner Schnapsbuddel und dem Eierbruch.

© *Gregor Schürer 2005*

Max Mümmel und die Löffel

**Warum die Hasen so lange
Ohren haben**

Nach dem viel zu langen, viel zu kalten Winter war es endlich Frühling geworden. Der Schnee war endlich geschmolzen. Die Natur erholte sich von der langen Eiszeit, die ersten Blumen steckten zaghaft die Köpfe aus dem Boden und das Gras auf der Wiese begann wieder zu wachsen. Es waren nur noch wenige Tage bis zum Osterfest und die Haseneltern Mümmel lagen eng zusammengekuschelt in ihrer Sasse. Etwas abseits schliefen die Hasenkinder Moritz, Melanie und der kleine Max.

Vater Hase legte seine Stirn in Falten und flüsterte seiner Häsin zu: „Wenn uns die Jungen beim Verteilen der Eier auf der Osterwiese helfen, haben wir das gleiche Problem wie im letzten Jahr. Das Gras steht schon so hoch, dass man die Kleinen gar nicht mehr sehen kann. Es wird uns doch keines unserer Kinder verlorengehen." Vormittags hoppelten die Mümmels auf die Wiese und der Hasenpapa verkündete: „Ich habe mir was überlegt!"

Er nahm eine lange Schnur und band die Kinder damit zusammen. Als die Häschen beim Test wie wild in verschiedene Richtungen davonsprangen, verhedderten sie sich in kürzester Zeit hoffnungslos zu einem runden Fellknäuel. Mutter Mümmel musste es am Ende mit einer Schere vorsichtig auseinanderschneiden.

Manche Menschen behaupten, so sei der erste Fußball entstanden. Ich habe den Franz, das ist ein Fußballexperte aus Bayern – manche nennen ihn den „Kaiser" – gefragt, der sagt, das stimmt nicht.

Papa Mümmel war mit seinem Hasenlatein aber noch lange nicht am Ende: „Dann setzt euch aufeinander, Huckepack", wies er an. Max kletterte also seinem großen Bruder auf die Schultern. Aber das war eine wackelige Angelegenheit, dann meckerte Moritz, dass ihm das viel zu schwer sei, und Melanie, wann sie denn endlich drankomme. Vater Mümmel seufzte, was nun?

Da hatte Max eine Idee, die Sache mit den Sprungfedern. Max hatte einen ausrangierten Lattenrost gefunden. Den hatte der Bauer Grantelhuber von nebenan auf den Sperrmüll geworfen. Er schnallte sich zwei Federn unter die Läufe. Das war eine Gaudi, erst hüpfte er ja noch vorsichtig, doch dann im Übermut immer schneller und doller, fast einen Meter hoch konnte er damit aus dem Stand springen. Es kam, wie es kommen musste: Max überschlug sich, landete unsanft im Gras und alle Eier, die er zur Probe im umgeschnallten Rucksack verstaut hatte, zerdepperten. „Das geht auch nicht", entschied der Hasenvater. Entfernte Verwandte der Hasen in Australien, die statt des Rucksacks aber vorne einen Beutel tragen, brachten es später zur Perfektion in dieser Disziplin, doch das ist eine andere Geschichte. Nun war guter Rat teuer. Morgen sollte es losgehen mit dem Eier verteilen und noch immer hatten die Mümmels keine Lösung für ihr Problem gefunden.

Sorgenvoll wandte sich Papa Mümmel vor dem Einschlafen an seine Frau. „Jetzt mach dir mal nicht zu viele Gedanken", tröstete sie ihn, „wir sind alle Gottes Geschöpfe. Es wird schon irgendwie gehen."

In dieser Nacht schlief die Hasenmutter unruhig. Sie träumte, dass die Kinder Fangen spielten und dabei die Farbtöpfe umwarfen, die sie zum Eierfärben aufgestellt hatte. „Wartet", schimpfte sie mit ihren ungezogenen Jungen, „ich werde euch die Ohren lang ziehen …" Darüber erwachte sie. Langsam richtete sie sich auf.

Sie schaute hinüber zu ihren noch schlafenden Kindern. Und siehe da: Die Feldhasen hatten über Nacht lange Ohren bekommen, die man auch Löffel nennt.

War das eine Freude, als später Moritz, Melanie und Max über die Wiese flitzten. Wo auch immer sie waren, die Haseneltern konnten die Löffel überall sehen. Da mochte das Gras auf der Wiese noch so hoch sein, die Spitzen der langen Ohren lugten immer oben heraus. Ob das nun der liebe Gott gemacht hat oder ob die resolute Hasenmutter ihren Kindern im Schlaf selbst die Ohren langgezogen hat, wer weiß?

© Gregor Schürer 2006

Max Mümmel und der Streckenrekord

**Warum auch ein Hase mal
im Kreis läuft**

Der kleine Hase Max Mümmel war, wie immer um diese Jahreszeit, von seiner Mutter zum Verstecken der Ostereier geschickt worden. Er hoppelte mit seinem Körbchen voll bunter Eier zum Waldrand. Von dort wollte er weiter auf die Wiese, wo die Kinder an Ostern immer suchten. Als er gerade auf der kleinen Lichtung ankam, von der es nicht mehr weit bis zur Blumenwiese war, hörte er Stimmen, viele Stimmen. Und Schritte, schnelle Schritte.

Er duckte sich tief in das Unterholz, da rannte auch schon eine Gruppe keuchender Menschen an ihm vorbei. Er wollte gerade wieder aus der Deckung kommen, als sich die nächsten Läufer näherten. Einer von ihnen blieb auf der Lichtung stehen, während die anderen weiter joggten. Er rang nach Luft, beugte sich tief hinab, kam mit ausgestreckten Armen wieder hoch, beugte sich erneut hinunter. Dann schüttelte er die Beine aus und lockerte die Arme. Das ging eine Weile so, Max schaute interessiert zu. Der Atem des Mannes beruhigte sich langsam. „Jetzt komm", sagte er plötzlich. „Lauf los, keine Müdigkeit vorgeschützt." Max schaute sich um, außer ihm war hier niemand. Also musste der Mann ihn wohl entdeckt haben. Gerade wollte er fragen: „Meinen Sie mich?", da rief der erneut: „Komm, Junge, lass dich nicht hängen!" Max bezog das auf seine Löffel und stellte diese auf. „Ich zähl jetzt bis drei und dann läufst du weiter!" Max legte rasch sein Körbchen auf die Seite, da zählte der Mann schon los: „Eins, zwei, drei ..." Er lief los und Max hinterher. Der Läufer legte eine ordentliche Geschwindigkeit vor, so dass Max sich ganz schön sputen musste. Aber Hasen laufen gerne, schnell und ausdauernd, das war also kein Problem für Max.

Da liefen sie nun, der Mann vorneweg und unser Mäxchen hinterher. Das machte unserem kleinen Hasen Spaß. Denn er hatte, außer wenn er mit seinen Geschwistern tobte, nicht so viel Auslauf. Mama und Papa Mümmel warnten ihre Kinder immer, nicht so weit weg zu hoppeln, weil überall Gefahren lauerten. Umherstreunende Hunde, hungrige Füchse, schießende Jäger, Mähdrescher, allesamt lebensgefährlich für so ein Hasenkind. Aber darüber dachte Max nicht nach, während er jauchzend hinter dem Mann herlief. Die Strecke führte über Wege, wo Max noch nie gewesen war, immer tiefer in den Wald hinein. Sie mochten wohl eine Viertelstunde unterwegs gewesen sein, da näherte sich von hinten ein weiterer Läufer. Er überholte Max, schaute dabei ziemlich verdutzt und sprach den anderen Mann an: „Hör mal, weißt du eigentlich, dass ein Hase hinter dir herläuft?" – „Ein was?", fragte der Läufer und drehte sich um. „Tatsächlich", wiederholte er erstaunt. „Ein Hase bei einem Volkslauf! Na, heutzutage wundert mich nichts mehr."

„Wieso?", wollte der andere wissen. „Vorhin hatte ich einen kleinen Schwächeanfall", erklärte er, „da habe ich mit mir selbst geredet. Mich selbst aufgefordert, weiterzulaufen, Autosuggestion, Selbsthypnose, so was. Habe ich in so einem Laufmagazin gelesen bei den Tipps. Und siehe da, es hat funktioniert."

Der andere Läufer lachte. Wer nicht lachte, war Max. Jetzt war ihm klargeworden, der Mensch hatte mit seinem auffordernden „komm" gar nicht ihn gemeint. Und was war überhaupt ein Volkslauf. Wie sollte er jemals wieder herausfinden aus dem Wald, wie zurückkommen zu seiner Familie? Tausend Gedanken schwirrten im Kopf unseres armen Hasen umher. Am besten, ich laufe einfach mal weiter, entschloss er sich.

„Wie weit ist es denn noch?", fragte der eine Läufer den anderen. „Die Zehn-Kilometer-Strecke besteht aus zwei Runden", antwortete der, „von der Zeit her ...", er schaute auf seine Uhr, „... müssten wir bald die erste Runde hinter uns haben." Max lauschte aufmerksam. Runde bedeutete, dass man im Kreis lief, das wusste er. Also würde er früher oder später an der Stelle vorbeikommen, wo er sein Körbchen hatte liegenlassen, um mitzuhoppeln. Erleichtert seufzte er auf und lief weiter. Tatsächlich, nach ein paar Minuten kam ihm die Umgebung wieder bekannter vor und dann sah er die Waldlichtung, von der er gestartet war. Während einer der Läufer dem anderen „28:34" zurief, schlug Max einen Haken und landete im Gebüsch, während die beiden Männer weiter rannten.

Nachdem er sich ein wenig ausgeruht hatte, schnappte er seinen Korb und machte sich auf den Weg, um die Eier auf der Wiese zu verstecken. Zu Hause fragte Papa Mümmel, warum er so spät komme, und Mama wollte wissen, ob er wieder getrödelt habe. Aber Max erzählte lieber nichts von seinem sportlichen Abenteuer, denn er hatte Angst, dass seine Eltern mit ihm schimpften.

Deswegen weiß bis heute niemand, dass unser Max über fünf Kilometer Hasen-Volkslauf den inoffiziellen Streckenrekord von 28 Minuten und 34 Sekunden hält. Außer Max natürlich – und ihr wisst es jetzt auch.

© Gregor Schürer 2007

Max Mümmel und die Gutenachtgeschichten

Wie die Osterhasen zu ihrer Aufgabe kamen und warum man die Eier kocht

„Mama, warum sind wir eigentlich Osterhasen?" Mit dieser Frage überraschte der kleine Max Mümmel seine Mutter, als er sich abends an sie kuschelte. Er hatte den ganzen Tag fleißig die Eier bei den Hennen eingesammelt und war ziemlich müde. Doch er liebte es, wenn seine Mama ihm vor dem Schlafengehen noch eine Geschichte erzählte.

„Na, du stellst Fragen", antwortete die Hasenmutter. „Also, vor langer, langer Zeit, einige hundert Jahre ist das schon her, da brachten andere Tiere die Ostereier. Der Fuchs, zum Beispiel, der Storch, der Kuckuck, der Auerhahn oder der Kranich. Weil aber die Hasen im Frühjahr sowieso zur Futtersuche in die Dörfer und Gärten der Menschen hoppelten, kam man auf die Idee, ihnen diese Aufgabe zu übertragen. Für die Tiere, die das bisher getan hatten, mussten nun aber andere Tätigkeiten gesucht werden.

Kein Problem, sagte der Auerhahn, ich gründe eine Brauerei. Und ich eröffne eine Fluglinie, sagte der Kranich. Der Storch wurde befördert und durfte fortan den Menschen die Kinder bringen. Das wollte der Kuckuck auch übernehmen. Das geht nicht, du bist zu klein dafür, riefen die anderen Tiere. Da war der Kuckuck eingeschnappt und versteckte deshalb weiter Eier. Allerdings seine eigenen und nicht im Gras, sondern in den Nestern fremder Vögel. Beleidigt war auch der Fuchs, dem alles, was man ihm anbot, nicht gut genug war. Ich weiß schon, was ich mache, sagte er mit verschlagenem Blick und schlich davon. Seitdem jagt er die anderen Tiere und frisst sie auf, auch uns Hasen. Deshalb musst du besonders aufpassen, wenn ein Fuchs in der Nähe ist. Hörst du, Max? Mäxchen??" Aber unser kleiner Hase war schon selig eingeschlafen.

Am nächsten Morgen machte sich die Hasenfamilie daran, die Eier abzukochen und zu färben. Das dauerte den ganzen Tag, es war schon dunkel, als die Mümmels endlich fertig waren. Erschöpft legten sich die Haseneltern und die Hasenkinder hin, um zu schlafen. Doch Max wollte auch heute wieder eine Geschichte hören. „Eine klitzekleine, bitte, Mama", bettelte er. „Was willst du denn heute wissen, du felleter Naseweis?" – „Warum die Eier gekocht werden, die könnten wir doch auch so in die Nester legen."

„Also, auch das ist schon lange her ... Früher, da hatten die Menschen keine Kühlschränke oder Gefriertruhen, so etwas gab es nicht. Man nahm Schnee von den Wiesen oder Eis aus den Flüssen zum Kühlen, legte die verderblichen Sachen in Keller oder Höhlen, das klappte ganz gut. Trotzdem konnte man die Lebensmittel nicht so lange aufbewahren. Eier zum Beispiel kann man ungekühlt nicht lange lagern, dann werden sie schlecht. In der Fastenzeit durften damals keine Eier gegessen werden. Die Hühner fragen aber nicht, ob Fastenzeit ist oder nicht, und legen immer weiter. Damit die Eier nicht verderben, kam man auf die Idee, sie abzukochen, denn dadurch werden sie lange haltbar. Und durch das Färben werden die Eier noch schöner. Es ist ganz einfach, man braucht nur Pflanzenteile zum Färben mit in das Kochwasser zu geben. Will man gelbe Eier, nimmt man Kamille. Mit Zwiebelschalen werden die Eier orange, Blätter vom Walnussbaum machen sie braun, getrocknete Holunderbeeren blau. Alle Farben kommen in der Natur vor, man muss nur wissen, wo man sie findet. Kennst du denn noch Pflanzen, die Eier bunt machen?" Statt einer Antwort kam von Max nur ein leises Schnarchen.

So, Kinder, jetzt wisst ihr Bescheid, warum die Hasen die Eier bringen und weshalb die Eier gekocht werden. Und wenn ihr abends beim Zubettgehen mal nicht gleich schlafen könnt, so wie der kleine Max, überlegt euch bei der Gutenachtgeschichte, welche Farbe wohl die Eier kriegen, wenn man die Blätter von Brennnesseln, vom Apfelbaum oder vom Rotkohl ins Abkochwasser tut.

© Gregor Schürer 2008

Max Mümmel und die merkwürdigen Eier

Warum Hühner keine Schokolade essen sollten

Max Mümmel war von seiner Mutter zum Hühnerstall hinüber geschickt worden, um bei den Hennen nach den Eiern zu fragen. Wie in jedem Jahr mussten die Eier einige Tage vor Ostern abgeholt werden, damit die Mümmels noch Zeit genug hatten, sie zu kochen, zu färben und anschließend in die Nester zu legen.

Oberhuhn Elfriede saß mit wichtigem Gesicht auf der Stange und hörte sich Max' Bitte an. „Das ist im Moment ganz schlecht", bemerkte sie, „mein bestes Pferd, ich meine, mein bestes Huhn im Stall ist nämlich krank." – „Was fehlt denn Eleonore?", wollte Max wissen. „Nun ja", druckste Elfriede herum, „wir haben da ein Experiment gemacht und das ist gründlich schiefgegangen ..."

Was war geschehen? Erst nach längerem Zögern und weil Max so beharrlich nachfragte, kam das Oberhuhn mit der Wahrheit heraus. Weil immer weniger Menschen gekochte Eier aßen und lieber Schokoladen-Eier wollten, hatte die Hühnerschar beschlossen, die Produktion umzustellen. Eleonore, die beste Legehenne von allen, die jeden Tag ein Ei und sonntags auch mal zwei legte, wurde als Versuchskaninchen, ich meine Versuchshuhn ausgesucht. Sie bekam nun statt Körnern Pralinen zu picken, statt Wasser Kakao zu trinken. In der Hoffnung, dass sie dann Eier aus Schokolade legen würde.

Doch zunächst kam überhaupt kein Ei, stattdessen bekam Eleonore Bauchschmerzen und Verstopfung. Als sie Stunden später dann doch noch ein Ei legte, waren alle sehr gespannt. Doch das neue Ei hatte zwar eine noch schönere braune Schale als sonst, aber die war nicht aus Schokolade, sondern wie immer aus Kalk.

Max lud die Eier in seinen Korb. Fünf braune und zehn weiße passten hinein. Vorsichtig schnallte er sich den Korb auf den Rücken und hoppelte heimwärts. Erst ganz behutsam, weil er ja wusste, wie rasch rohe Eier zerbrechen konnten. Später aber, als er beim Zaun vorbeikam, wo die Menschenkinder wohnten, machte er im Übermut einen besonders schwungvollen Sprung über den Graben und wäre beinahe hingefallen. Puh, gerade noch einmal gutgegangen, dachte er und machte sich rasch auf den Weg nach Hause. Dort stellte er beim Ausladen fest, dass ein weißes Ei fehlte. Er legte die 14 Eier in der Küche ab und machte sich noch einmal auf, um das verlorene Ei zu suchen. Er ahnte schon, wo es aus dem Körbchen gepurzelt sein könnte.

Vorsichtig hoppelte er auf die Wiese beim Menschenhaus, wo er so übermütig gesprungen war. Er hörte Stimmen und duckte sich im Gras, damit ihn niemand entdeckte. Da unterhielten sich zwei Kinder, ein Junge und ein Mädchen. Sie lachten und riefen, dazwischen hörte man ein klackerndes Geräusch. Ganz langsam sah Max sich um, da entdeckte er das Ei, nur ein paar Meter entfernt im Gras. Er schlich sich mucksmäuschenstill, ich meine muckshäschenstill näher und näher und erreichte schließlich das Ei, das weiß aus dem satten Grün des Rasens hervor lugte. Als er es anfasste, bemerkte er, dass es sich irgendwie anders anfühlte. Es war leichter, die Schale durchscheinend und es war eher rund als oval, komisch.

„Ich hab keinen mehr, sie müssen irgendwo auf der Wiese liegen", hörte er plötzlich das Mädchen schreien. „Schau du da drüben, ich gucke hier", antwortete der Junge. Als Max das Mädchen in seine Richtung laufen sah, hoppelte er rasch davon und versteckte sich hinter einem Busch. „Hier ist einer", rief sie, hob das Ei auf und lief zurück. Nun gab es kein Halten mehr für Max. Er musste wissen, was die Menschenkinder damit anstellten.

Hinter der Hecke verborgen, beobachtete er die beiden Geschwister, die an einem Tisch standen, der so grün wie die Wiese war. Das Mädchen warf das merkwürdige Ei in die Luft und schlug mit einem roten Gegenstand darauf. Doch es zerbrach nicht, sondern flog – ping – über ein Netz auf die andere Seite, wo der Junge mit einem blauen Gegenstand ebenfalls zuschlug, worauf das Ei – pong – wieder zurückflog. So ging es ein paar Mal hin und her, ping pong, ping pong, bis das Mädchen danebenschlug. „Ha", rief der Junge, „Matchball, noch ein Punkt und ich bin Sieger!" – „Wer glaubt, dass er gegen mich gewinnen kann, der glaubt auch an den Osterhasen", entgegnete sie.

Max hatte genug gesehen und gehört. Er schüttelte sein Hasenköpfchen, murmelte ein „Wenn die wüssten ..." und hoppelte zurück nach Hause.

Schließlich gab es noch genug zu tun, auch wenn es in diesem Jahr keine Schokoladen-Eier gab und ein Hühnerei fehlte.

© Gregor Schürer 2009

Max Mümmel und
die Weinberge

**Warum der kleine Hase traurig war
und wie er wieder fröhlich wurde**

Wie in jedem Jahr war es wieder ziemlich viel Arbeit gewesen, bis die Hasenfamilie Mümmel alle Eier für das Osterfest fertig hatte. Zunächst hatte es Lieferprobleme mit der Oberhenne Elfriede gegeben. Sie wies die Mümmels gewohnt wichtigtuerisch darauf hin, dass es jetzt eine neue EU-Verordnung gebe, nach der man Eier nur dann professionell färben dürfe, wenn eine entsprechende amtliche Genehmigung vorläge. Erst als Vater Mümmel die Henne darauf hinwies, dass sein Familienbetrieb schon Eier gefärbt habe, als in Brüssel noch gar keine gelegt worden seien, war sie bereit, ihm die Ware aufgrund dieses traditionellen Gewohnheitsrechts zu überlassen.

Dann gab es Schwierigkeiten mit dem Kochen. Aufgrund des langen und harten Winters waren die Brennstoffpreise stark gestiegen, es hätte ein kleines Vermögen gekostet, das Wasser, wie herkömmlich, mit Holz heißzumachen. Da kam den Mümmels die Nachbarschaft zu Bauer Grantelhuber zugute. Der hat nämlich ganz viele Kühe in seinem Stall stehen. Und die lassen, wenn sie ihr Heu gefressen haben, ganz viele Pupse, die nennt man Biogas. Und damit kann man heizen, also Feuer machen. So warteten die Mümmels, bis Bauer Grantelhuber an einem Frühlingstag mit dem Traktor raus auf die Wiese fuhr, um die Weidezäune zu reparieren. Dann schlichen sie in den Heizungskeller, wo sie kochendes Wasser abließen, um die Eier zu kochen, ganz biologisch sozusagen.

Danach wurden die Eier noch gefärbt, mit einer Speckschwarte abgerieben, damit sie glänzten, und in die großen Körbe gelegt. Dort warteten sie darauf, unter den Menschenkindern verteilt zu werden. Das funktioniert so ähnlich wie bei den Briefträgern, die in ihren Bezirken allen Menschen, die dort wohnen, die Post bringen. Doch dazu lest ihr in einer anderen Geschichte mehr.

Auch die Hasenfamilie Mümmel hatte ihr Revier aufgeteilt: Die gefährlichen Bezirke an der Straße übernahm der Hasenvater, die Hasenmutter wagte sich in die Stadtmitte, Max' großer Bruder Moritz war für das Neubaugebiet zuständig, Max' Schwester Melanie war für die Höfe und Häuser am Ortsrand verantwortlich und Max sollte ihr dabei helfen.

Als sie mit ihren Körben dort ankamen, zeigte Melanie nach oben und sagte: „Geh du in die Weinberge, ich mache die Anwesen hier unten und wir treffen uns wieder zu Hause." Ohne seine Antwort abzuwarten, hoppelte sie davon. Max blieb unschlüssig stehen, bewegte sich ein kleines Stück in Richtung Weinberge, machte dann aber kehrt und rannte zurück nach Hause. Als die übrigen Mümmels dort einige Zeit später eintrafen, fanden sie ein verheultes Mäxchen vor. „Ja, warum hast du denn deine Eier nicht verteilt?", fragte der Vater streng. Max antwortete: „Ich kann doch die schönen, fröhlich-bunten Eier nicht an einen so traurigen Platz legen." – „Wieso denn traurig?", wollte seine Schwester Melanie wissen. „Na, was glaubt ihr denn, warum die Weinberge Wein-Berge heißen", schluchzte Max.

„Ja, weißt du denn nicht, was ein Weinberg ist, du dummer, kleiner Hase?", lachte der Vater. „Ich weiß es", unterbrach ihn der vorlaute und oberschlaue Moritz, „das ist ein amerikanischer Physiker und Nobelpreisträger, Vorname Steven."

„Diesen Weinberg muss man nur kennen, wenn man aufs Gymhasium geht, so wie du", wies ihn Papa Mümmel zurecht.

„Oder wenn man 125.000 Karotten bei „Wer wird Möhrenmillionär?" gewinnen will", ergänzte die Hasenmutter. „Komm her, mein Mäxchen, ich erklär es dir."
Max kuschelte sich an seine Mama.

„Also, die Weinberge, die es bei uns gibt, das sind landwirtschaftlich genutzte Flächen. Aber da wird kein Getreide oder Gemüse angebaut, sondern Weintrauben, man sagt auch Reben dazu. Und weil die Weintrauben meist am Hang wachsen, nennt man die Grundstücke Weinberge. Aus den Trauben pressen die Bauern übrigens Traubensaft und daraus machen sie den Wein. Das ist ein Getränk, was die erwachsenen Menschen gerne mögen."

Nun wusste Max Bescheid. „Können wir uns morgen früh alle zusammen noch einmal auf den Weg machen und die restlichen Eier in den Weinbergen verteilen?", fragte er. „Es wäre doch schade, wenn die Kinder dort nichts in ihren Nestern finden, nur weil sie am Weinberg wohnen. Sonst weinen sie am Ende wirklich alle und der Wein-Berg trägt seinen Namen zu Recht."

Da lachten die Mümmels und beschlossen, auch im Weinberg Eier zu verstecken. Jetzt geht mal rasch nach draußen und schaut nach, ob ihr welche findet.

© *Gregor Schürer 2010*

Max Mümmel und das Osterfeuer

Wie die Menschen den Winter vertreiben

War was Besonderes?", fragte die Hasenmutter, als Max abends am Ostersamstag mit seinem leeren Körbchen zurückkam. Er hatte den ganzen Nachmittag fleißig die bunt gefärbten Eier in den Nestern versteckt und war ziemlich müde.

„Ja", antwortete er, „es waren viele Menschen unterwegs. Viel mehr als sonst, da trifft man höchstens mal ein paar Wanderer oder Spaziergänger, vor denen man sich verstecken muss. Heute waren oben in den Weinbergen eine Menge Leute, da war es ganz schön schwer, unbemerkt zu bleiben." – „Was haben die denn gemacht?", wollte der neugierige große Bruder Moritz wissen. „Die haben Holz aufeinandergestapelt. Der Bauer Grantelhuber war auch da, er hatte seinen Traktor dabei und auf dem Anhänger waren Äste und Sträucher. Die haben die Menschen abgeladen und aufeinandergeschichtet zu einem riesigen Haufen." –

„Wozu machen die das denn?", wollte Max' Schwester Melanie wissen. „Jetzt legt euch mal schlafen, Kinder", sprach der Hasenvater ein Machtwort, „ich glaube, ich weiß, wozu. Wir hoppeln morgen mal alle zusammen da hin und schauen uns das an. Dann erklär ich euch alles." Die Haseneltern und die drei Hasenkinder rückten in ihrer Sasse dicht zusammen, es war nachts noch ganz schön kalt, und schliefen dann eng aneinander gekuschelt ein.

Am Ostersonntag war noch eine Menge zu erledigen bei den Mümmels und so war es schon Nachmittag, bevor die fünf Hasen losliefen, um sich Max' Beobachtung genauer anzusehen. Sie schlugen mehrere Haken und kamen schließlich in den Weinbergen zu einer Freifläche, oberhalb stand eine Hütte. Auf dem freien Platz war tatsächlich, wie der kleine Hase es beschrieben hatte, ein mächtiger Holzstapel zu sehen. Zahlreiche Menschen, auch viele Kinder hatten sich davor versammelt, ein Mann mit einer großen Kerze stand ein Stück daneben. Erst wurde etwas gesprochen und dann zündete der Mann mit der Kerze den Holzstapel an. Rasch schlugen Flammen aus dem Stapel und in wenigen Minuten hatte sich ein riesiges Feuer gebildet, das weithin zu sehen war. Die Menschen standen staunend um den Feuerschein und manche riefen „Aah!" oder „Ooh!".

Unsere Hasen sahen aus sicherer Entfernung zu. Gerade wollte Mäxchen fragen, was das denn mit dem Feuer auf sich habe, da sagte der Hasenvater: „Ich habe gestern noch nachgedacht. Und dann habe ich mich erinnert, dass mir mein Hasenurgroßvater das mal erzählt hat. Ganz früher haben die Menschen das an Ostern getan, weil sie geglaubt haben, man könne den Winter damit vertreiben. Feuer ist ja auch Licht und so wollte man die Sonne begrüßen, damit es bald Frühjahr wird. Man machte zu Hause das Herdfeuer aus und zog dann gemeinsam singend auf einen Berg, jeder musste ein Stück Holz mitbringen. Oben zündete man das aufgestapelte Holz an, das Feuer galt als heilig und ihm wurde eine reinigende Wirkung zugeschrieben, außerdem hat man später ganz praktisch die Asche als Dünger auf den Feldern verteilt. Bevor das Osterfeuer erlosch, entzündete jeder eine Fackel und nahm sie mit, um damit daheim wieder den Herd anzumachen."

„Und warum machen die Menschen das denn heute, die haben in ihren Wohnungen doch Elektroherde zum Kochen und Öfen, um sich zu wärmen?" Es war die kleine Melanie, die nachfragte.

„Für die einen ist es immer noch ein Brauch, eine Tradition, die man eben pflegt, selbst wenn man jetzt Zentralheizung hat", erwiderte der Vater. „Und für die anderen hat es etwas mit ihrem Glauben zu tun. Die brennende Kerze steht für die Christen als Symbol für Jesus, das Licht der Welt. Der Herrgott hat den Menschen seinen Sohn geschenkt und damit das Licht des Glaubens in ihr dunkles Leben gebracht. Deshalb wird auch manchmal das Osterfeuer mit einer Kerze angemacht, die vorher in der Kirche geweiht wurde."

„Das ist ja spannend, Papa, was du alles weißt!", rief Max Mümmel begeistert. Der Hasenvater schmunzelte und freute sich über das Lob seines Jüngsten.

Und ihr, liebe Kinder, wisst es jetzt auch. Und wenn ihr mal etwas nicht wisst, fragt am besten einen alten Hasen.

© Gregor Schürer 2011

Max Mümmel, der Hasenfuß und die schwarze Katze

Warum manche Tiere schnurren und andere davor davonlaufen

Ihr kennt ja alle Max Mümmel, den kleinen Hasen, der jedes Jahr die Ostereier bringt und dabei manche Abenteuer erlebt, die ich euch dann erzähle.

Max lebt mit seiner Mutter, seinem Vater und den Geschwistern Moritz und Melanie ganz in der Nähe. Wo genau, weiß ich nicht; manche sagen, er wohnt auf der Lohrsdorfer Orchideenwiese, andere wollen den Stoppelhopser oberhalb von Neuenahr auf der Paradieswiese gesehen haben. Ist auch egal, jedenfalls hat unser Mäxchen auch in diesem Jahr wieder was Spannendes erlebt:

Die Hasen hatten in den vergangenen Wochen fleißig die Eier bei den Hennen von Bauer Grantelhuber eingesammelt, gekocht und gefärbt. Oder bunt bemalt. Alles war fertig, das Osterfest stand kurz bevor. Nun galt es, die Eier zu den Menschenkindern zu bringen. Max sollte erst zusammen mit seiner Schwester los, um die bunten Eier in die Nester zu legen. Doch er wehrte sich und sagte: „Ich bin jetzt auch groß, ich kann alleine gehen!" – „Du traust dich doch sowieso nicht", foppte ihn sein älterer Bruder Moritz.

„Wohl!", antwortete Max trotzig. Seine Mama sah ihn gütig an und sagte: „Gut, dann wollen wir es versuchen, du übernimmst eine ruhige Straße, wo wenig Autos fahren und wo es nicht so gefährlich ist." Stolz zog Max los.

Ein bisschen unheimlich war ihm schon, aber er wollte keine Furcht zeigen und beweisen, dass er das tatsächlich hinbekam. Anfangs klappte es prima, er passte genau auf, dass ihn niemand sah, hoppelte flink in einem unbeobachteten Moment in die Gärten, wo er seine Eier ablegte. Nun war er ganz am Ende der Straße angekommen, es war das letzte Haus, hinter dem ein Feldweg anfing. Hier wohnte ein zwar manchmal etwas brummiger, aber lieber Opa, der immer Besuch von seinen zwei Enkelkindern bekam. Papa Mümmel hatte ihm aufgetragen, hier auf jeden Fall noch ein paar Eier zu verstecken. Das waren seine letzten, dann war er fertig. Er näherte sich vorsichtig. Der Opa hatte vor der Haustür ein Nest aus grünem Stroh ausgebreitet, da sollten die Eier hinein.

Max kletterte die Treppen hoch, da sah er sie. Eine riesige, schwarze Katze, die zusammengerollt auf der Fußmatte lag. Also, so riesig war sie gar nicht; es war eigentlich eine ganz normale Hauskatze. Aber für den kleinen Max sah sie schon ziemlich groß aus.

Seine Eltern hatten ihm eigentlich eingeschärft, vor allem wegzurennen, das größer war als er selbst und aussah, als ob es ihn auffressen wollte. Die Katze war ihm schon irgendwie unheimlich, aber sie lag ganz ruhig da, nur ihr pechschwarzes Fell hob und senkte sich beim Atmen. Max hatte bei einem anderen Menschenhaus schon mal beobachtet, wie ein Kind so eine Katze streichelte – vielleicht waren diese Tiere doch nicht so gefährlich. Er lief also erst einmal nicht weg, sondern verhielt sich mückshäschenstill und beobachtete die Katze.

Er überlegte: Wenn er ganz leise an ihr vorbei schlich, konnte er vielleicht die Eier ins Nest legen, ohne dass sie aufwachte. Also schlängelte er sich lautlos an der schlafenden Katze vorbei. Es funktionierte! Er konnte tatsächlich die Eier in das Nest legen, ohne dass sie sich rührte. Max war mächtig stolz auf sich. Als er vorsichtig zurück schlich, kam er ganz nah an der Katze vorbei. Das schwarze Fell sah so schön glänzend aus, dass er nicht anders konnte, er musste es einfach einmal berühren. Ganz sachte strich er darüber, als ihn plötzlich ein komisches Geräusch erschreckte: Da summte oder brummte etwas, Max zog rasch seine Pfote zurück und lief, so schnell er konnte, davon, ohne sich auch nur einmal umzusehen.

Als er völlig außer Atem bei den Mümmels zu Hause ankam, fragte ihn seine Familie, was denn passiert sei. Erst wollte er es nicht erzählen, aber dann konnte er sein Geheimnis doch nicht für sich behalten und berichtete von seinem Abenteuer mit der schwarzen Katze. „Das war ein Schnurren", erklärte die Mutter dem kleinen Max, „das machen die Katzen, wenn sie sich wohlfühlen." – „Du bist halt doch ein Hasenfuß!", hänselte ihn daraufhin sein großer Bruder Moritz. „Was ist denn überhaupt ein Hasenfuß?", fragte Max.

„So sagt man zu jemandem, der ein wenig ängstlich ist", erklärte seine Schwester Melanie. „Nicht nur das", ergänzte der kluge Papa Mümmel, „so nannten die Engländer auch ihren König Harald I., der vor fast tausend Jahren lebte." – „Weil er so ein Angsthase war wie ich?", erkundigte sich Max. „Nein", entgegnete sein Vater, „wegen seiner Schnelligkeit und Geschicklichkeit bei der Jagd. Und schnell und geschickt hast du dich heute ja auch angestellt!"

© Gregor Schürer 2012

Max Mümmel und die traurige Post

Warum man Zahlen auf Briefe schreibt

Wie in jedem Jahr hatte die Hasenfamilie Mümmel alle Eier für das Osterfest vorbereitet. Zunächst wurden die Eier gekocht, dann gefärbt und danach mit einer ...

Ach, ihr wisst schon? Na gut. Die Schokoladeneier wurden natürlich nicht gekocht, obwohl gekochte Schokolade auch gut schmeckt, jedenfalls wenn sie flüssig ist und Kakao heißt. Im Korb warteten die Eier jetzt darauf, an die Menschenkinder verteilt zu werden.

Abends hatte sich der kleine Hase Max noch an seine Mama gekuschelt, das machte er immer vor dem Einschlafen. Die Hasenmutter war warm und weich, das war gemütlich. Manchmal erzählte sie ihm noch eine Geschichte oder beantwortete seine Fragen. Und Fragen hatte unser Mäxchen viele. Denn der Hasenvater hatte einmal zu ihm gesagt und dabei ein wenig streng über den Rand seiner Brille geschaut: „Wenn du etwas nicht verstehst oder nicht weißt, dann frag nach. Sonst wirst du immer ein kleiner, dummer Hase bleiben." Max wollte aber lieber mal ein großer, schlauer Hase werden. Deshalb stellte er abends vor dem Schlafen schon mal Fragen. So auch heute: „Mama, woher wissen wir denn, wo die Ostereier hinsollen? Woher wissen wir, wo die Kinder wohnen?"

Die Hasenmutter antwortete: „Also, hier in der näheren Umgebung kennen wir ja viele Menschen und ihre Kinder. Da ist es einfach beim Verstecken, wir schauen, wo Dreiräder vor der Tür stehen, wo Schaukeln im Garten hängen, wo ein Sandkasten ist, wo mit Kreide auf die Straße gemalt wurde. Man erkennt die Häuser, in denen Kinder wohnen."

Max rieb den Kopf am Fell seiner Mama und sie erzählte weiter: „Und die Kinder, die ganz sichergehen wollen, dass der Osterhase sie nicht vergisst, die schreiben uns einen Brief." – „Echt??" Der eben noch schläfrige Max war plötzlich wieder hellwach. „Ich habe aber noch nie Post bekommen!" – „Die ganze Osterpost geht gesammelt an eine Adresse", erklärte seine Mutter, „das wäre sonst zu kompliziert. Von dort wird sie dann an die einzelnen Hasenfamilien verteilt." Max hörte weiter gebannt zu. „Alle Kinder, die uns schreiben wollen, schicken die Post an unsere Tante Hanni Hase. Dein großer Bruder Moritz und deine Schwester Melanie hoppeln morgen dahin, um die Briefe mit unseren Adressen zu holen. Wenn du magst, darfst du mit." – „Toll, natürlich will ich mit!", rief Max begeistert. „Dann schlaf jetzt, mein Söhnchen, damit du morgen früh ausgeruht bist."

Am nächsten Tag liefen Moritz, Melanie und Max wie besprochen hinüber zu Tante Hanni an den Waldrand. Das war ein ganzes Stück und der kleine Max musste sich mächtig anstrengen, um den flott hoppelnden Geschwistern folgen zu können. Er war ganz außer Atem, als sie dort ankamen. Gleichzeitig kam ein großes, gelbes Auto angefahren. Die Mümmelkinder duckten sich und warteten, denn ihre Eltern hatten ihnen eingeschärft, vorsichtig zu sein, wenn Autos in der Nähe waren, um nicht überfahren zu werden. Ein Mann stieg aus, ging hinten an das Auto, machte die Heckklappe auf und holte einen Sack heraus. Er nahm ihn auf den Rücken und trug ihn Richtung Waldrand.

Nach ein paar Schritten stolperte er über eine Baumwurzel und fiel hin. Max konnte es nicht so genau sehen, aber er hörte, wie der Mann leise weinte, als er alle Briefe, die aus dem Sack gefallen waren, wieder einsammelte. Als das gelbe Postauto weggefahren war, liefen Moritz, Melanie und Max rüber zu Tante Hanni.

Es waren noch mehr Verwandte gekommen und die Größeren sortierten die Briefe aus dem Sack, während die Kleineren etwas zum Futtern bekamen. Max saß also bei den kleineren Hasen und mümmelte eine Möhre, während seine Geschwister beim Sortieren halfen. „Woher wusste der traurige Mann von der Post denn, wo Tante Hanni wohnt?", fragte er seinen Cousin Manfred, den alle nur Manne nannten. Der tat immer so, als wisse er alles. „Ich bin der Manne, ich hab was auf der Pfanne", sagte der Angeber immer. „Das steht auf den Briefen drauf", erklärte Manne, „jeder Ort hat nämlich eine Postleitzahl." Max verstand das nicht, aber da kamen seine Geschwister mit einem Packen Briefe und riefen: „Auf, Max, wir müssen heim!"

Nachdem die drei Hasenkinder wohlbehalten zu Hause angekommen waren, versammelte sich die ganze Familie Mümmel in der Küche. „Nun lesen wir alle Briefe und sortieren sie nach den Adressen", sagte der Vater. „Danach packen wir die

Nester und Körbe." Jeder bekam einen Stapel mit Briefen, doch Max fing plötzlich an zu weinen und schluchzte: „Nein, ich mag nicht." – „Warum denn nicht, Mäxchen?", fragte die Mutter, die glaubte, ihr Jüngster tue sich noch ein wenig schwer mit dem Lesen, er war ja gerade erst in die Hasenschule gekommen.

„Ich will die Briefe nicht lesen, die sind so traurig!" – „Wieso glaubst du denn, dass die Post traurig ist?", hakte die Hasenmutter nach. „Ich habe genau gehört, dass der Briefträger geweint hat, als er sie zu Tante Hanni gebracht hat." – „Der hat doch bloß geheult, weil er hingefallen war und alle Post vom Boden aufsammeln musste", erklärte sein großer Bruder Moritz. „Nein, der hat geweint, weil die Post so traurig ist, das hat mir der Manne gesagt", rief Max, „deswegen steht ja auch eine Postleidzahl auf jedem Brief!"

Da mussten die Mümmels lachen.
„Nein, Max, das hast du falsch verstanden", seine Schwester Melanie rückte zu Max herüber, „das nennt man Postleitzahl, mit einem „t". Das hat gar nichts mit Leid zu tun, das ist bloß eine Zahl, die man auf den Umschlag schreibt, damit die Post an der richtigen Anschrift ankommt. Schau mal, ich hab hier einen Brief aufgemacht:

Da schreibt uns die kleine Madeleine, dass sie sich auf Ostern freut, sie hat ein lustiges Hasenbild gemalt und es dazugelegt."

„Ach so", sagte Max erleichtert. Dann fing er auch gleich selbst an, die Umschläge zu öffnen und zu lesen. Fast alle Kinder hatten etwas gemalt, manche auch etwas gebastelt, einige hatten kleine Gedichte geschrieben, etwas Trauriges stand jedenfalls in keinem der Briefe.

Da war unser Max froh und sorgte höchstpersönlich dafür, dass jedes Kind, das einen Brief geschickt hatte, auch ein Osternest bekam. Wenn auch ihr mal schreiben wollt, hier die Adresse:

Hanni Hase
Am Waldrand 12
27404 Ostereistedt

© Gregor Schürer 2013

Max Mümmel und das Osterwasser

Warum die Menschen sich damit waschen – oder es trinken

Max Mümmel, unser keiner Hase, der jedes Jahr die Ostereier bringt, war ganz aufgeregt, als er nachmittags wieder nach Hause kam. Er hatte wie immer die Eier bei den Menschenkindern verteilt und dabei wieder etwas erlebt, was er nicht verstand. Gott sei Dank war seine Mama schon in der Sasse, als er heimkehrte. Sein Vater und die Geschwister Moritz und Melanie waren noch mit den Eierkörben unterwegs. So konnte er Mutter Mümmel ganz in Ruhe fragen, ohne sich vor den anderen zu blamieren.

„Du Mama, was ist eigentlich Osterwasser?" – „Na, hast du wieder was aufgeschnappt bei den Menschen, du kleiner Stoppelhopser?", fragte sie neckend zurück. „Ja", gab er zu, „so ähnlich, aber was ist denn nun Osterwasser? Davon habe ich noch nie was gehört."

„Also", antwortete Frau Mümmel, „das ist so: In der Osternacht oder am Ostermorgen, auf jeden Fall bevor die Sonne aufgeht, schöpfen die Menschen das Osterwasser aus einem Fluss. Es soll besonders lange halten und nicht verfaulen. Manche behaupten auch, man bekäme eine besonders feine Haut, wenn man sich damit wäscht."

Max schüttelte sich, als Hase war er mit einem schönen, braunen Fell ausgestattet und mochte das Waschen mit Wasser nicht so sehr. Seine Mutter fuhr fort: „Das Osterwasser soll auch gut gegen Augenleiden, bei Ausschlag und anderen Krankheiten sein. Wir Hasen können aber auch ohne Osterwasser gut sehen und noch besser hören und riechen", lachte sie. „Früher haben meist junge, unverheiratete Frauen das Wasser geschöpft. Da gab es ganz strenge Regeln: Das Wasser musste gegen den fließenden Strom geschöpft werden. Und die Mädchen mussten die ganze Zeit dabei schweigen." – „So wie in der Hasenschule, wo der Oberlehrer, Herr Lampe, immer sagt, wir sollen ruhig sein?", fragte Max.

„Ja, so ähnlich. Die Mädchen trugen das Osterwasser anschließend schweigend nach Hause, dabei durfte kein Tropfen verschüttet werden. Das machen die Menschen aber schon lange nicht mehr, ich habe jedenfalls schon lange niemanden mehr Osterwasser schöpfen sehen. Wieso fragst du überhaupt, Mäxchen?" – „Ach, bloß so", schwindelte Max. Natürlich fragte er aus einem bestimmten Grund, den wollte er aber nicht verraten. Zum Glück kamen der Vater und die beiden Geschwister um die Ecke gehoppelt, da kam die Rede rasch auf etwas anderes und Max musste nicht mehr antworten.

Spät abends, alle hatten berichtet, was ihnen tagsüber passiert war, wie viele Eier sie wo versteckt hatten (das verraten wir aber nicht, suchen müsst ihr Kinder am Ostermorgen schon selbst), die Mutter hatte eine leckere Möhrensuppe gekocht, alle hatten gegessen und waren müde, brachte Vater Mümmel Max zu Bett.

„Du Papa", nahm der kleine Hase den Faden vom Nachmittag wieder auf, „ich muss dich als Mann mal was fragen."

„Ja, mein Söhnchen, was gibt's denn", nun war der Vater doch neugierig.

„Also, die Mama hat mir erzählt, dass die jungen Mädchen das Osterwasser schöpfen. Weil es so gut für die Haut und gegen Krankheiten sein soll, wenn man sich damit wäscht. Das habe ich auch verstanden. Aber warum hat der alte Mann das Wasser denn getrunken, anstatt sich damit zu waschen. Und warum hat er sich jedes Mal nach dem Trinken so geschüttelt?" Vater Mümmel ahnte zwar schon, was passiert war, sagte dann aber doch: „Jetzt erzähl mal ganz genau, was du gesehen hast, Max."

„Ich hatte gerade das letzte Ei im grünen Gras beim Haus hinter der Blumenwiese gut versteckt, als der Opa mit der kleinen Laura in den Garten kam. Beide setzten sich auf die Bank und unterhielten sich. Bis der Opa sagte „Bring mir mal das Osterwasser!" Da ist die Laura ins Haus gegangen und kurze Zeit später mit einer Flasche und einem kleinen Glas wiedergekommen. Der Opa hat sich ein Gläschen Osterwasser eingeschenkt, es auf einen Rutsch runtergeschluckt, sich geschüttelt und ganz laut *Aaaahh!* gerufen. Dann hat er gesagt „Auf einem Bein kann man nicht gut stehen" und sich noch ein Glas eingeschenkt. Auch das hat er ganz schnell in den Hals gekippt und sich wieder geschüttelt, aber schon ein bisschen weniger. Aber seine Haut war genauso faltig wie vorher, also hat das Osterwasser doch gar nichts genutzt. Und weshalb hat er vom Stehen auf einem Bein gesprochen, wo er doch die ganze Zeit auf der Bank gesessen hat. Ach Papi, ich verstehe die Menschen einfach nicht!" beendete Max ganz frustriert seine Rede.

„Mein lieber Max", antwortete der Vater, „ich muss immer wieder feststellen, was für ein kluges Söhnchen ich habe. Da hast du völlig recht, das macht alles gar keinen Sinn. Das liegt aber nur daran, dass du das Wort falsch verstanden hast. Der Opa hat nicht von Osterwasser gesprochen, sondern von Obstwasser. So nennen die Menschen einen Schnaps, den sie aus verschiedenen Früchten, zum Beispiel aus Äpfeln, Birnen oder Zwetschgen brennen. Sie sagen auch Obstler oder Obstbrand dazu. Den trinken sie zum Beispiel, wenn ihnen etwas im Magen liegt. Nicht nur, wenn sie etwas Schweres gegessen haben, also zur Verdauung. Auch, wenn sie etwas belastet, wenn sie traurig sind. Manchmal trinken sie das Obstwasser aber auch, wenn sie glücklich sind und feiern. Und manchmal trinken sie es auch ohne Grund. Du hast schon recht, die Menschen sind merkwürdig."

„Verrat aber nicht den anderen, dass ich das verwechselt habe", bat Max seinen Vater, „sonst lachen die mich aus. Wir Hasen müssen doch Fachleute für alles rund um Ostern sein."

„Na klar", versprach Papa Mümmel, „das bleibt unser Geheimnis unter Hasenmännern. Und wenn wir Menschenmänner wären, würden wir darauf jetzt ein Obstwasser trinken."

© Gregor Schürer 2015

Der kluge Pfingstochse und das schwarze Schaf

Wie der Heilige Geist Weisheit brachte und Frieden stiftete

„Du dummer Ochse!" – so schimpft manche Frau mit ihrem Ehemann, wenn er mal wieder etwas Dummes gemacht hat. Sie hat ja recht, meistens jedenfalls, denn Männer neigen zu Dummheiten.

Unrecht hat sie allerdings, was den Ochsen angeht. Denn Ochsen sind nicht so dumm, wie es scheint. Sie sind schwerfällig, behäbig, langsam, geduldig, wie die meisten Männer. Aber dumm?

Paul, so heißt der Ochse unserer Geschichte, war das kräftigste Tier der Herde. Noch, denn die jungen Rinder würden ihm bald den Rang ablaufen.

Aber heute, an Pfingsten, durfte er als Ältester und Stärkster vorneweg laufen. Das Vieh wurde aus den Ställen zum ersten Mal wieder auf die Weide getrieben. Fast wie in einer Prozession zog die Herde durch die Gassen des bayerischen Ortes. Paul an der Spitze, festlich geschmückt mit Blumen, Stroh, Bändern, Glocken und Kränzen. Am Ende des Dorfes lag die Wiese, auf der die Tiere nun weiden sollten. Es war ein großes Grundstück, auf dem einige Kastanien standen. Das Gatter wurde geöffnet, Paul trottete herein, die Herde folgte. Die Tiere verteilten sich auf der Wiese und machten sich über das frische Gras her.

Plötzlich war am hinteren Ende des Zaunes Aufruhr zu hören. Laut brüllten einige Jungtiere. Der festlich geschmückte Pfingstochse Paul lief gemächlich hinüber, um nachzuschauen, was los war. Der Grund für die Aufregung war ein schwarzes Schaf, das der Bauer ebenfalls auf die Wiese gelassen hatte.

„Was gibt es denn?", fragte der Ochse Paul. Vielstimmig kam die Antwort: Was will das Schaf hier? Wo kommt es überhaupt her? Ein Eindringling, fremd, klein und schwarz. Und es blökt auch noch, statt zu muhen. Es hat auf unserer bayerischen Wiese, unter unseren bayerischen Kastanien nichts verloren!

Paul überlegte eine Weile, ehrlich gesagt ziemlich lange. Dafür war seine Entgegnung umso überraschender: „Die Kastanie ist gar keine bayerische Pflanze", sagte er.

„Nein?", fragten die anderen Tiere mit ungläubigem Schädelschütteln. „Nein", entgegnete Paul, „sie stammt vom Balkan und kam vor rund 400 Jahren über Istanbul – das damals Konstantinopel hieß – zu uns." Konsterniert schweigen die anderen.

„In der Türkei gab es damals viele Teegärten, wo man zusammen saß und trank, diskutierte, Geschäfte machte. In diesen Teegärten standen Kastanienbäume, weil es darunter so schön kühl und schattig war." – „Warum ist es unter den Kastanien eigentlich so angenehm?", fragte jemand aus der Herde.

Auch das wusste Paul: „Die Kastanien saugen besonders viel Wasser aus der Erde. Es verdunstet aus den gefiederten Blättern und ein sanfter Luftstrom kühlt den Boden. Das ist übrigens auch der Grund, warum die Bayern ihre Biergärten unter Kastanienbäumen anlegten. Die kühlten auch die Braukeller, die sich darunter befanden, denn Eisschränke gab es früher noch nicht. So blieb das Bier länger kühl und frisch."

Als keine weiteren Fragen gestellt wurden, fuhr der Ochse fort: „Das kleine schwarze Schaf soll unser Gast sein, wir wollen es besonders willkommen heißen. Denn alle Schafe stammen vom armenischen Mufflon ab, das vor tausenden von Jahren in Anatolien, also in der heutigen Türkei, domestiziert wurde. Unter unseren türkisch-bayerischen Kastanien soll es sich wie zu Hause fühlen."

Da staunten die Rindviecher über ihren klugen Ochsen Paul – was der alles wusste. Vermutlich lag es daran, dass er eben kein normaler Ochse war, sondern ein Pfingstochse. Und dass damit nicht nur all der schöne Schmuck, sondern auch der Heilige Geist mit all seiner Weisheit über ihn gekommen war.

Wenn eine Frau also mal wieder über ihren Mann schimpfen muss, weil er irgendwelche Dummheiten begangen hat, sollte sie rufen: „Du Pfingstochse!"

Vielleicht kommt dann der Heilige Geist mit all seinem Wissen auch über ihn. Und wenn nicht, klingt es auf jeden Fall netter. Alle Ochsen und Ehemänner dieser Welt werden es ihr danken.

© Gregor Schürer 2014